Analyse de l'œuvre

Par Éliane Choffray et Eloïse Murat

La Controverse de Valladolid

de Jean-Claude Carrière

Rendez-vous sur lepetitlitteraire.fr et découvrez :

Plus de 1200 analyses
Claires et synthétiques
Téléchargeables en 30 secondes
À imprimer chez soi

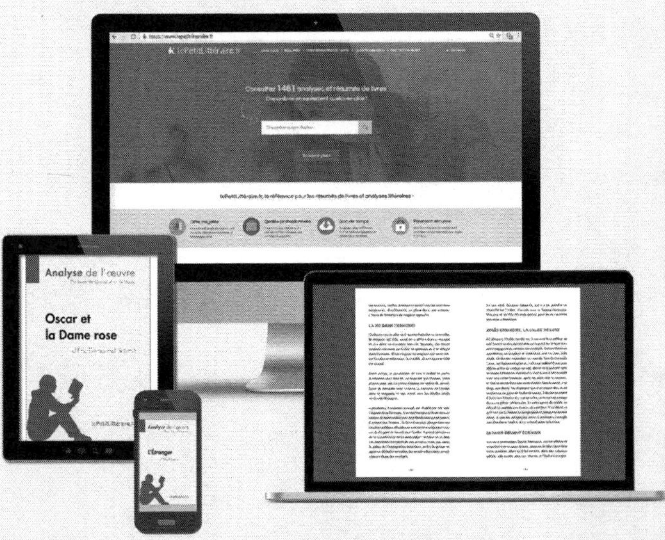

JEAN-CLAUDE CARRIÈRE

ÉCRIVAIN ET SCÉNARISTE FRANÇAIS

- **Né en 1931 à Colombières-sur-Orb (Hérault)**
- **Quelques-unes de ses œuvres :**
  - *Le Lézard* (1957), roman
  - *Le Retour de Martin Guerre* (1986), scénario
  - *Les Années d'utopie* (2003), roman

Jean-Claude Carrière est un écrivain, scénariste et metteur en scène français. Il commence par suivre des études de lettres et d'histoire avant de se consacrer entièrement à ses deux passions : le dessin et l'écriture.

Romancier prolixe – il est également l'auteur de romans d'épouvante sous le pseudonyme Benoit Becker aux éditions Fleuve noir –, il pratique volontiers d'autres formes d'écriture (des entretiens philosophiques, des essais, des pièces de théâtre), mais se distingue tout particulièrement dans l'écriture de scénarios et dans les adaptations théâtrales, cinématographiques et télévisuelles.

À ce titre, il a collaboré avec de nombreux réalisateurs, parmi lesquels Luis Buñuel (cinéaste espagnol naturalisé mexicain, 1900-1983), Jacques Tati (cinéaste et acteur français, 1907-1982), Pierre Étaix (acteur et cinéaste français, 1928-2016) ou, plus récemment, Michael Haneke (cinéaste autrichien, né en 1942).

Il a obtenu à de nombreuses reprises le prix du meilleur scénario et a reçu en 2015 l'Oscar d'honneur pour l'ensemble de sa carrière.

LA CONTROVERSE DE VALLADOLID

UN DÉBAT SUR LA COLONISATION DU NOUVEAU MONDE

- **Genre :** roman
- **Édition de référence :** *La Controverse de Valladolid*, Paris, Pocket, 1992, 252 p.
- **1ʳᵉ édition :** 1992
- **Thématiques :** esclavage, Nouveau Monde, autrui, colonisation, identité, querelle, débat

La Controverse de Valladolid a d'abord paru sous forme de roman, avant d'être adaptée pour la télévision (1992), puis pour la scène (1999). Cette œuvre est un exemple parfait de la polyvalence de Jean-Claude Carrière et de sa capacité à adapter une même histoire à différents supports pour toucher le public le plus large possible.

En s'inspirant de faits historiques, Jean-Claude Carrière romance une controverse qui a véritablement eu lieu en 1550 en Espagne : le 7 juillet 1550, Charles Quint (empereur germanique, prince des Pays-Bas, roi d'Espagne et roi de Sicile, 1500-1558) convoque une prestigieuse assemblée de juristes et de théologiens afin de statuer sur la légitimité de la conquête de l'Amérique, découverte tout récemment, et le sort qu'il s'agit de réserver aux Indiens quant à leur soumission à la foi catholique et à l'autorité impériale. Deux orateurs opposés se sont illustrés au cours de ce débat : Juan Ginès de Sepúlveda (théologien espagnol, 1490-1573) et Bartolomé de las Casas (prélat espagnol, 1474-1566).

Carrière s'inspire de ce fait historique, reprend le lieu et la date, ainsi que les noms réels des deux orateurs, mais modifie toutefois l'enjeu du débat : dans le roman, la question qui anime la controverse concerne la nature des Indiens : ont-ils une âme ? Derrière cette question rhétorique se cache évidemment une autre question : celle de la légitimité de leur réduction en esclavage. Historiquement, la question de l'humanité des Indiens et de leur filiation divine avait déjà été réglée par le pape Paul III (1468-1549) en 1537, dans deux bulles (lettres apostoliques, scellées du sceau pontifical, dont l'objet est d'intérêt général) : *Veritas Ipsa* et *Sublimis Deus* (qui affirment l'humanité des Indiens, leur droit à la liberté et à la propriété, leur aptitude à devenir chrétiens et qui condamnent leur réduction en esclavage).

Le récit est essentiellement basé sur les différents arguments apportés par les deux personnalités qui défendent leurs opinions : las Casas soutient que les Indiens sont des créatures de Dieu alors que Sepúlveda est convaincu qu'ils peuvent être réduits en esclavage. Le premier se base sur sa propre expérience en Amérique tandis que le second se réfère uniquement à des textes. Le lecteur suit le débat et est avide de savoir quelle sera la décision finale du cardinal.

Ce roman, sous l'apparence d'adapter un débat très ancien et depuis longtemps résolu, soulève en réalité la problématique, encore toute contemporaine, de l'altérité en général.

Vers 1550, dans un couvent de la ville de Valladolid en Espagne, un débat est organisé pour savoir si les Indiens d'Amérique ont une âme humaine ou non et si les chrétiens ont le droit de les réduire en esclavage pour aider les colonies à se construire. Dans le contexte historique du roman, les Indiens sont un peuple dont on vient à peine de constater l'existence (suite à la découverte de l'Amérique en 1492 par Christophe Colomb, navigateur génois, 1450 ou 1451-1506), et les Européens sont encore indécis quant à leur nature.

Les premiers colons d'Amérique, ayant décidé que les Indiens « ont pour vocation l'obéissance » (p. 13), les ont réduits en esclavage, sans autre forme de procès. Cependant, la population indienne s'amenuisant, l'empereur Charles Quint (1500-1558) remet en cause le traitement qui leur est réservé. Par conséquent, il ordonne que soit organisé un débat, mené et arbitré par une quarantaine de membres du clergé, pour déterminer si l'esclavage des Indiens est ou non justifié.

Une fois que tous les arguments ont été énoncés par les deux parties, quatre Indiens, un couple avec un enfant et un homme seul, sont amenés devant les acteurs du débat. Ces Indiens sont semblables aux Européens d'un point de vue physique, mais les membres du débat doivent déterminer s'ils partagent la même dignité de pensée et de sentiment que les Européens.

Le légat, c'est-à-dire le représentant du pape qui tient le rôle d'arbitre du débat et à qui revient la décision finale quant au sort du peuple indien, demande qu'on se livre à des expériences sur les quatre individus présents.

Une idole sculptée des Indiens est ainsi amenée, qu'un moine se met à démolir. Un Indien fait mine de l'en empêcher, mais sa femme l'arrête. Ensuite, deux colons enlèvent l'enfant et le menace de mort, ce qui provoque l'affolement des parents. Enfin, des bouffons font leur entrée et montent une farce comique qui ne provoque aucune réaction chez les Indiens. Par contre, lorsque le légat trébuche et tombe en tentant de séparer les deux personnes qui débattent, les Indiens éclatent de rire.

Ces expériences, cruelles pour certaines, ont pour but de donner aux Européens un aperçu des réactions que les Indiens adoptent face à certains évènements. Les Européens veulent voir si leurs réactions sont humaines ou d'une autre nature.

Puisqu'ils réfléchissent avant de s'interposer devant les Européens qui sont plus forts qu'eux, puisqu'ils ont un instinct protecteur envers leurs enfants et puisqu'ils sont capables de rire devant une situation comique, les représentants du clergé jugent qu'ils ont des réactions humaines. Par contre, la question de la religion reste sans réponse. L'un des Indiens explique qu'il ne veut pas se convertir au christianisme car il souhaite rester fidèle aux dieux de ses ancêtres.

Juan Ginès de Sepúlveda, qui soutient la thèse selon laquelle les Indiens ne sont pas des créatures de Dieu, énonce le dilemme : « Ou bien ils sont pareils à nous, Dieu les a créés à son image [...] et dans ce cas, ils n'ont aucune raison de refuser la vérité [...]. Ou bien ils sont d'une autre espèce. » (p. 128)

Durant le débat, il attaque sans relâche le point de vue de son adversaire : alors que ce dernier défend la cause des Indiens en avançant que ce peuple est pacifique, Sepúlveda lui rétorque que le Christ n'est « pas venu apporter la paix, mais l'épée » (p. 59). Donc si les Indiens sont pacifiques, ils ne peuvent pas être créatures de Dieu. Il ajoute que Dieu n'aurait pas toléré les guerres avec les Indiens s'Il ne les avait pas souhaitées. Il serait donc de la volonté divine que les Indiens soient réduits en esclavage. Enfin, comme aucune trace des Évangiles n'a été retrouvée chez les Indiens, il en conclut qu'« il ne s'agit pas de créatures reconnues par Dieu » (p. 69).

Sepúlveda souligne que les Indiens sont capables d'une grande cruauté en recourant au sacrifice humain et il prétend que c'est pour protéger les innocents de ce massacre que les Européens doivent réduire tout le peuple en esclavage, de manière à leur apporter la civilisation (ou du moins, la conception de la civilisation des Européens). Le théologien avance aussi que l'âme des Indiens est inférieure à l'âme des Européens, que le peuple du Nouveau Monde est inférieur par nature car il est incapable de créer, ne sait qu'imiter, ne connait pas les armes, ni l'argent, ni l'art et porte des charges lourdes sur son dos comme un animal. Par conséquent, le peuple indien est destiné à servir les Européens.

Après que Sepúlveda a terminé d'énoncer ses arguments, on découvre que deux Espagnols se sont infiltrés dans le couvent afin d'assister à la controverse. Ils viennent du Nouveau Monde et s'inquiètent pour leurs revenus car leur situation outre-Atlantique est instable. Ils sont autorisés à rester pour la suite de la controverse.

Bartolomé de las Casas est un dominicain qui a fait de nombreux voyages dans le Nouveau Monde et qui a passé toute sa vie à défendre les Indiens contre la tyrannie et la cruauté des Européens. Las Casas, qui parle avant Sepúlveda, s'exprime assez crûment. Contrairement à son adversaire, il ne se base pas sur un savoir théorique, mais sur son vécu personnel.

Il explique que les Espagnols ont massacré des milliers d'Indiens au nom du Christ pour trouver de l'or. Las Casas décrit les horribles traitements que subit le peuple du Nouveau Monde sous le joug des Européens : les conditions de travail dans les mines, les massacres gratuits, le cannibalisme des Espagnols à l'égard des Indiens, etc.

Las Casas avance ensuite des arguments pour démontrer aux membres du clergé qui l'écoutent que les Indiens forment un bon peuple : ils sont pacifiques, accueillants, doux, beaux, intelligents et pleins de sentiments chrétiens. Il explique pourquoi les Indiens refusent de se convertir avec cet argument : « Que peuvent-ils penser d'un Dieu que les chrétiens, les chrétiens qui les exterminent, tiennent pour juste et bon ? » (p. 50)

Enfin, las Casas tente de convaincre l'assemblée que l'art indien est beau et proche de l'art européen. Pour le contredire, Sepúlveda demande que soit exposée et détruite l'idole indienne devant les quatre Indiens. Les membres du clergé trouvent unanimement que cette œuvre d'art est très laide et l'argument final de las Casas ne parait plus recevable : les Indiens ne seraient capables ni de créer ni d'apprécier le beau.

À la fin de la controverse, lorsque las Casas et Sepúlveda ont fini leurs plaidoyers et après que les Indiens ont été examinés, le cardinal Salvatore Roncieri, représentant du pape, demande aux deux orateurs de synthétiser leurs arguments respectifs. L'un des deux colons venus assister au débat prend la parole pour exprimer son inquiétude : l'abolition de l'esclavage des Indiens engendrerait de gros problèmes économiques dans le Nouveau Monde.

Une fois que tout le monde a parlé, le légat se retire et revient peu après pour rendre son verdict. Il tranche de cette manière : « Les habitants des terres nouvelles [...] sont bien nés d'Adam et d'Ève, comme nous. Ils jouissent comme nous d'un esprit et d'une âme immortelle [...]. Ils doivent être traités avec la plus grande humanité et justice. » (p. 183) Dans la continuité de cette décision, le cardinal Salvatore Roncieri interdit la publication du livre de Sepúlveda. Enfin, il ajoute que, pour ne pas porter préjudice à l'économie du Nouveau Monde, les Noirs d'Afrique y seront envoyés pour remplacer les indigènes dans leurs tâches d'esclaves, car ils sont plus proches des animaux.

Las Casas et Sepúlveda restent tous les deux sur un sentiment d'échec : Sepúlveda parce que l'Église va considérer désormais que les Indiens ont une âme humaine, ce qu'il n'admet pas, et las Casas parce que les conditions terribles de l'esclavage vont continuer en Amérique, non plus avec les Indiens, mais avec les Noirs d'Afrique.

Ainsi, las Casas, qui apparait initialement comme un défenseur des Indiens, se montre davantage comme un défenseur de la liberté des peuples, quelle que soit leur origine.

ÉTUDE DES PERSONNAGES

BARTOLOMÉ DE LAS CASAS

Las Casas, tel que l'imagine Carrière, est un « étonnant personnage » (p. 26), qui nous est présenté comme un héros, voire un saint. Carrière nous livre le récit de sa vie presque sur le mode épique : né en 1484 à Séville, il vit l'agitation des premières découvertes et, à 18 ans, après avoir reçu les ordres, met les voiles vers le Nouveau Monde. Sur place, il reçoit des terres qu'il administre sans se poser de questions. C'est seulement quelques années plus tard, alors qu'il assiste à leur massacre à Cuba, qu'il prend conscience de l'injustice et de l'oppression dont sont victimes les Indiens. Bouleversé, il voue le reste de sa vie à défendre les populations humiliées d'Amérique, sans jamais se décourager malgré les fortes oppositions qu'il rencontre.

Après la conquête du Mexique, il fonde un territoire qu'il nomme « de la vraie paix », où il entreprend de convertir les Indiens en douceur. Si les débuts sont prometteurs, son entreprise se révèle finalement être un échec. Nommé évêque d'un territoire au nord du Guatemala en 1543, il tente d'y abolir l'esclavage, mais, s'étant attiré les foudres des colons, il est contraint de rentrer en Espagne.

Las Casas est un homme qui a vécu, voyagé et lutté, un homme énergique, déterminé, infatigable et sensible. Ce n'est pas un érudit à l'instar de son adversaire ; son argumentation prend donc une autre allure. Il parle de ce qu'il a vu et vécu afin de susciter l'indignation de ses auditeurs.

Tout au long de son discours, il privilégie l'affectif et cède fréquemment à l'émotion, incapable de réfréner sa colère face aux propos de son rival. Sincère et entier, il est profondément impliqué dans son combat et se montre très inquiet quant à l'issue de la controverse.

Partisan de l'égalité entre les hommes, c'est un progressiste et, en ce sens, il incarne l'homme moderne. Promouvant le développement de valeurs qui ne sont plus exclusivement religieuses, mais humaines, il se fait le précurseur du changement de mentalité qui ne verra le jour qu'au XVIIIe siècle.

Bartolomé de las Casas (1474-1566) a également existé et participé à la vraie controverse de Valladolid. C'était un prêtre dominicain et un missionnaire, célèbre pour avoir défendu le droit des Indiens.

JUAN GINÉS DE SEPÚLVEDA

Sepúlveda, tel que l'imagine Carrière, est un homme de savoir « qui s'est fait une grande réputation de science en traduisant plusieurs livres d'Aristote [philosophe grec, 384-322 av. J.-C.] » (p. 25). Un érudit donc, un homme « au teint pâle » (p. 31) qui passe sa vie à l'ombre des bibliothèques. De ce fait, certains des propos du philosophe reflètent les préjugés et les incompréhensions de celui qui ne connait pas ce dont il parle. Il est l'auteur d'un livre dont le titre latin le rattache aux humanistes de l'époque, c'est-à-dire des intellectuels passionnés de langues et de littératures antiques.

En bon philosophe, Sepúlveda sait qu'il est essentiel de bien construire une argumentation. Rusé, perfide et fin stratège, il maitrise toutes les ressources de la rhétorique, excelle lorsqu'il s'agit de déstabiliser son adversaire en profitant de ses faiblesses et en rebondissant sur ses faux pas. À plusieurs reprises, l'auteur insiste d'ailleurs davantage sur la forme qu'il donne à son discours et sur les procédés argumentatifs qu'il met en œuvre plutôt que sur le sens de ses paroles.

Le discours de Sepúlveda est entièrement fondé sur la logique du raisonnement, et non sur la connaissance ou l'expérience de son objet. Rigoureux, organisé et cohérent, il est aussi capable de se contenir en toutes circonstances. Quant à ses arguments, ils révèlent un personnage raciste et obscurantiste, soit défavorable au progrès. Il incarne l'homme du Moyen Âge partisan des guerres saintes et du massacre des innocents au nom de Dieu.

Carrière consacre le deuxième chapitre de son livre aux portraits de ses deux personnages principaux, révélant clairement de quel côté il se situe : las Casas retient son attention pendant plusieurs pages, tandis qu'il n'accorde que quelques lignes à Sepúlveda. Et encore, celles-ci ne sont pas dépourvues d'ironie ni de moquerie à son endroit.

Juan Ginés de Sepúlveda (1490-1573) a réellement existé. C'était un jésuite, grand théologien et orateur qui a véritablement participé à la controverse historique de Valladolid en tant que partisan des guerres de colonisation. On ne sait pas, par contre, s'il a jamais rencontré las Casas ou si chacun a plaidé sa cause parallèlement.

LE LÉGAT DU PAPE, SALVATORE RONCIERI

Le cardinal Salvatore Roncieri préside la dispute en tant que représentant de l'Église de Rome. C'est à lui que revient la lourde tâche de trancher le débat. Il réfléchit tout au long de la controverse, intervient parfois, mais écoute en silence la plupart du temps.

Dans *La Controverse de Valladolid*, l'Église apparait comme toute puissante : c'est à elle que revient la décision finale quant au sort à réserver aux Indiens. C'est également elle qui choisit de censurer les livres de Sepúlveda. Le cardinal Roncieri est donc le personnage tout puissant du roman. Même si l'on sait qu'il a des supérieurs hiérarchiques en dehors de la controverse, dont le pape et, indirectement, l'empereur Charles Quint, il est celui qui va clore la controverse. Sepúlveda et las Casas s'évertuent donc à le convaincre.

Carrière ne divulgue que très peu d'informations au sujet du cardinal Roncieri : c'est un ami du pape qui s'intéresse aux Indes, mais qui n'y a jamais mis les pieds. Ce personnage est donc entouré de beaucoup de mystère, ce qui accentue le suspense que l'auteur parvient à maintenir tout au long du roman autour de ses convictions et de ses intentions.

La conclusion du cardinal laisse les deux opposants sur un sentiment de défaite. Il déclare que les Indiens ont une âme humaine et ne doivent pas être réduits en esclavage. Mais pour ne pas mettre en péril l'économie des colons, il décide d'envoyer des Noirs d'Afrique en Amérique pour les réduire en esclavage à la place des Indiens.

Par cette décision, Jean-Claude Carrière nous montre ce qu'il pense de l'Église catholique du XVIᵉ siècle : une toute-puissance dont on ne peut contredire les choix et qui, sous couvert d'être juste envers une population, en condamne une autre et perpétue ainsi l'injustice.

CLÉS DE LECTURE

CONTEXTE HISTORIQUE

En 1492, Christophe Colomb, avec l'appui financier de l'Espagne, découvre un nouveau continent (l'Amérique) habité par un peuple dont on ignorait jusque-là l'existence. C'est un bouleversement pour toute l'Europe, confrontée à une culture totalement différente de la sienne. On s'interroge alors sur l'identité de cette population, que l'on juge en fonction des mœurs occidentales.

Ces étrangers apparaissent dès lors tantôt comme des êtres supérieurs, tantôt comme des ennemis ou des êtres inférieurs. S'agit-il de créatures innocentes vivant en harmonie dans une nature édénique ou, au contraire, de barbares monstrueux et inhumains ? Quelle que soit la réponse, les Européens se positionnent en individus civilisés et qualifient les indigènes de « sauvages », plus souvent barbares qu'innocents. Quant à l'image du « bon sauvage », elle perdurera à travers les siècles, donnant naissance à un véritable mythe, que l'on pense à Montaigne (écrivain français, 1533-1592), Rousseau (écrivain et philosophe de langue française, 1712-1778) ou Diderot (écrivain français, 1713-1784).

L'année 1492 est aussi celle qui voit triompher la *Reconquista* : l'Espagne est parvenue à chasser les musulmans de son territoire. Les souverains espagnols, forts de la victoire du catholicisme, ont donc pour premier souci d'évangéliser les habitants du Nouveau Monde. À cette époque, la religion catholique se veut universelle.

Dans les années qui suivent, Colomb réalise de nouvelles expéditions et inaugure la colonisation. S'ensuit alors l'appropriation des richesses des Indes (or, argent, épices, etc.) et, rapidement, le massacre des Indiens, notamment à Haïti et Cuba. Ensuite, deux grandes vagues de conquêtes militaires se succèdent : en 1519, Cortés (conquistador espagnol, 1485-1547) s'empare du Mexique et détruit l'Empire aztèque puis, en 1533, Pizarro (conquistador espagnol, 1475-1541) conquiert le Pérou, anéantissant l'Empire inca.

Face à cette situation, l'Europe est divisée : certains appuient la colonisation et se réjouissent des profits économiques, tandis que d'autres dénoncent le traitement réservé aux Indiens. En effet, dès 1503, on instaure le système de l'*encomienda* : on distribue des terres à des colons qui ont le droit d'utiliser la main-d'œuvre indienne gratuitement, cette dernière étant livrée à la domination absolue des nouveaux maitres.

Dès le début du siècle, la reine d'Espagne Isabelle Ire la Catholique (1474-1504) essaie d'enrayer cette situation, mais c'est seulement en 1537 que le pape, Paul III admet que les Indiens ont une âme humaine et qu'ils ne peuvent être traités en esclaves.

En 1542, Charles Quint promulgue les « Lois nouvelles » qui visent à supprimer petit à petit les encomiendas, mais la rébellion des colons l'oblige à se rétracter.

En 1550, il décide de suspendre les actions militaires et requiert l'aide de l'Église. Il faut noter qu'à cette époque, pouvoir temporel et pouvoir spirituel sont intimement liés, ce qui signifie que le pape a son mot à dire dans les décisions politiques. C'est pourquoi l'empereur confie à l'Église le pouvoir de trancher sur la question de la colonisation.

Le débat que Carrière rapporte dans son livre a donc réellement eu lieu. Cependant, l'auteur se permet plusieurs libertés avec l'histoire, qu'il fantasme en grande partie :

- dans le courant du XVIe siècle, il y a eu non pas une, mais plusieurs controverses, bien que Carrière ait pris le parti de les réunir en une seule ;
- il a lié deux problématiques qui avaient trouvé des réponses à quelques années d'écart : dès 1537, le pape promulgue deux bulles dans lesquelles il reconnait que les Indiens ont une âme comparable à celle des Européens tandis qu'en 1550, lors de la controverse historique, Sepúlveda et las Casas ne se penchent donc plus sur cette question, mais bien sur la manière de mener les guerres de colonisation et d'assujettir les Indiens à l'autorité de l'Église et de l'empereur ;
- l'écrivain met aussi en présence deux personnages, las Casas et Sepúlveda, qui ne se sont sans doute jamais rencontrés, bien qu'ils aient été des protagonistes réels du débat. Chacun a réellement plaidé sa cause auprès de l'assemblée convoquée par Charles Quint, mais le débat entre les deux hommes a été, en réalité, mené par livres et lettres interposées. Ayant lu la majorité des textes sur la controverse, ainsi que tous les documents publiés par les deux hommes, Carrière a été en mesure d'imaginer la dispute qu'il relate dans son livre sur la base des propos réels des protagonistes ;

- à l'abolition de l'esclavage des Indiens, il substitue la traite des Noirs ; or les deux problèmes sont historiquement indépendants.

UNE MISE EN SCÈNE DRAMATIQUE

Avant même d'écrire son récit, Carrière avait déjà pour ambition d'en faire une pièce de théâtre et une adaptation télévisée.

Par conséquent, l'une des principales spécificités de l'œuvre réside dans ses qualités dramatiques :

- comme c'est le cas dans tout récit ou roman, l'auteur mêle le récit d'évènements et la reproduction de paroles. Toutefois, dans cette œuvre, les dialogues l'emportent de loin sur la narration ;
- le récit des évènements lui-même est « théâtralisé » : l'auteur multiplie les surprises, les coups de théâtre et les rebondissements (exhibition de l'idole, intrusion des deux colons, examen des Indiens, comédie des bouffons et retournement de situation final). En outre, Carrière joue sur le suspense tout au long de son livre : par exemple, il évoque à deux reprises et sans fournir aucune explication la présence d'un charriot surmonté d'une guérite dans laquelle brillent « deux yeux sombres » (p. 101), dont on apprendra par la suite qu'il s'agit des Indiens ;
- les nombreuses remarques du narrateur font ainsi figure de véritables didascalies, ce qu'accentue l'utilisation du présent. Par exemple : « Sepúlveda regarde autour de lui et voit qu'il vient de marquer un point. » (p. 74) Ces

remarques dressent les décors et décrivent les gestes, les positions, les déplacements, les réactions et les émotions des personnages ;
- si l'écrivain s'est arrangé de la réalité historique, c'est principalement pour respecter certaines règles dramaturgiques (unité de lieu, de temps et de vraisemblance). Il regroupe ainsi des débats divers en une seule controverse qui dure quatre jours et qui a lieu dans un seul endroit. Il fait également coïncider l'ordre du récit avec l'ordre des évènements racontés, ce qui est propre au théâtre.

LA CONTROVERSE DE VALLADOLID ET L'ART DE L'ARGUMENTATION

Le titre de l'œuvre

Le titre de l'œuvre, *La Controverse de Valladolid*, annonce d'emblée que l'argumentation sera au centre du propos. En effet, une controverse est une discussion argumentée. Son but est de persuader une personne que l'avis qu'on lui oppose est la vérité. Ce procédé fait partie de l'art de la rhétorique, c'est-à-dire l'art de la persuasion par la maitrise de différentes techniques discursives et moyens oratoires. Il a été inventé dans la Grèce antique et était pratiqué dans les assemblées de citoyens.

Valladolid est une ville du nord-ouest de l'Espagne. Elle était la capitale du royaume au moment de la controverse. En 1527, elle avait accueilli la conférence de Valladolid, une réunion théologique pour débattre de l'orthodoxie des idées d'Érasme (humaniste hollandais, 1469-1536). Valladolid était donc, au XVI siècle, une ville où se résolvaient la plupart des problèmes de l'Église catholique. La ville a perdu son statut de capitale en 1561, au profit de Madrid.

L'art de l'argumentation

Dans le roman de Carrière, on distingue trois catégories de l'argumentation :

- **l'art de démontrer**, qui s'appuie sur des faits incontestables, des preuves et des arguments d'autorité issus de la doctrine. Ainsi, pour démontrer qu'il a raison, las Casas s'appuie continuellement sur des faits issus de sa vie personnelle et de son expérience de terrain : le récit des évènements dont il a été témoin, la manière dont il a essayé d'éduquer les Indiens à la foi chrétienne, etc. Par exemple, lorsque le cardinal demande à las Casas si « [les Indiens leur] ont toujours fait bon accueil ? », ce dernier répond : « À moi et à tous les autres, toujours. » (p. 62)

- Sepúlveda, par contre, n'apporte qu'une seule preuve empirique durant toute la controverse : l'idole, qui détruit l'argument de las Casas sur la beauté de l'art indien aux yeux des membres du clergé. Le reste du temps, Sepúlveda s'appuie plutôt sur des références incontestées comme celles qu'il trouve dans des textes canoniques. Par exemple, il s'appuie sur Aristote : « Aristote, dans sa *Politique*, dit avec netteté que l'esclave n'atteint pas la dignité humaine. Il n'est qu'un instrument animé, une sorte de machine vivante faite pour exécuter les ordres du maitre. » (p. 101) Il compte sur son statut d'intellectuel pour l'emporter. Les deux protagonistes font également appel à des figures religieuses comme le Christ, saint Paul (apôtre de Jésus-Christ, entre 5 et 15-entre 62 et 67) et saint Augustin (docteur de l'Église latine, 354-430), comme à des arguments d'autorité ;

- **l'art de persuader** repose sur l'appel aux sentiments du destinataire : la provocation, l'émotion, le rire. Sepúlveda n'utilise pas du tout cette méthode. Par contre, las Casas en use beaucoup : en relatant les massacres, il provoque indignation et pitié. Il utilise souvent le mot « je » pour rappeler qu'il parle depuis son propre vécu, ce qui donne une garantie d'authenticité à son récit. Enfin, il s'exprime avec beaucoup de véhémence et d'exclamation pour donner vie à son discours et interpeler son auditoire. Ainsi s'emporte-t-il en parlant des Indiens : « Oui, des millions ! Je dis bien des millions ! À Cholula, au Mexique, et à Tapeaca, c'est toute la population qui fut égorgée ! Au cri de "saint Jacques !" » (p. 55) ;

- **l'art de convaincre** fait appel à la logique et à la raison du destinataire. Sepúlveda s'appuie beaucoup sur cet exercice particulier : son discours étant organisé en différentes parties, il développe rigoureusement son argumentation dans un ordre calculé. Par exemple, il dit :

> « À supposer même l'absurde, à supposer qu'ils soient innocents par nature, personne ne met en doute le fait qu'ils sacrifiaient des vies humaines pour capter les faveurs de leurs dieux. Ainsi notre guerre ne serait-elle pas justifiée, une guerre menée pour protéger des innocents contre des chefs tyranniques, qui mettaient à mort leurs hommes et qui souvent les dévoraient ? » (p. 100)

Las Casas, de son côté, ne s'appuie pas autant sur la logique.

Ainsi, Jean-Claude Carrière offre au lecteur un véritable florilège des différentes manières d'argumenter. Les deux protagonistes utilisent l'art de démontrer grâce à des preuves, de nature toutefois différente pour chacun : las Casas fonde davantage son réquisitoire sur les sentiments et la persuasion tandis que Sepúlveda s'applique à convaincre grâce à la logique. Finalement, dans ce récit, l'art de la persuasion qui fait appel aux sentiments et au vécu est bien plus valorisé que celui qui recourt aux arguments d'autorité, basés sur la doctrine.

LA QUESTION DE L'ALTÉRITÉ

Jusqu'en 1492, les Européens croyaient tout connaitre du paysage humain. Blancs, ils étaient différents des Noirs d'Afrique et des Asiatiques, loin à l'Est, qu'ils connaissaient peu. Les Européens se faisaient les ambassadeurs de la foi du Christ et se sentaient investis de la mission de répandre sa parole sur terre. Mais, lorsqu'ils découvrent qu'un nouveau peuple habite une terre de l'autre côté de l'océan Atlantique, ils sont déroutés et plusieurs personnes jugées savantes doivent se concerter pour savoir quelle attitude adopter face à ces individus nouveaux dans le paysage humain. Des expériences sont menées pour savoir si les Indiens sont humains ou non, sachant que, s'ils le sont, ils seront de toute façon jugés inférieurs aux Européens.

Dans *La Controverse de Valladolid*, Sepúlveda accuse las Casas, le défenseur des Indiens, de vouloir devenir l'un d'eux, comme s'il s'agissait d'une trahison. Las Casas voit dans le peuple indien ce que le peuple chrétien a été autrefois, mais il est bien le seul à être de cet avis, tant il est insoutenable pour les autres Européens de se voir ainsi apparentés d'une quelconque façon au peuple du Nouveau Monde. Dans son texte, Jean-Claude Carrière soulève donc réellement la question de l'altérité, de la réaction de l'humain face à l'étranger : cet autre homme est-il comme moi ? S'il est différent, dois-je le tolérer ? Dois-je le forcer à être comme moi ? Dois-je m'habituer à ses coutumes différentes des miennes ?

Finalement, ce que suggère Carrière avec ce roman, c'est que ces questions qui se sont posées au milieu du XVIᵉ siècle restent d'actualité à la fin du XXᵉ siècle, date à laquelle le roman a paru (et même encore au début de notre XXIᵉ siècle). Bien que tous les peuples de la Terre soient à présent globalement connus et que des personnes issues de différentes cultures décident d'habiter au même endroit, ces mêmes interrogations subsistent. Toutes les personnes ne sont pas toujours tolérantes face à des individus qui ont une autre culture que la leur. Elles peuvent ne pas comprendre que ces autres humains n'agissent pas comme elles. Ces situations d'intolérance peuvent amener des tensions au sein d'une même société, créer des séparations entre les différentes ethnies et empêcher l'intégration de certains groupes d'individus étrangers dans une société implantée depuis longtemps.

Le fait que la question de l'altérité dans *La Controverse de Valladolid* soit toujours d'actualité a, sans conteste, contribué au succès du roman. À travers ce dernier, Jean-Claude Carrière, qui s'exprime à travers las Casas, essaie de faire

passer un message de tolérance et d'ouverture d'esprit :
il pense que chacun devrait faire l'effort de comprendre
l'autre et le monde qui nous entoure pour mieux vivre
ensemble. Il cherche aussi à nous rappeler les discours que
nous, Européens, avons tenu à une époque en parlant des
autres peuples. Il veut nous montrer que notre intolérance
passée a causé beaucoup de tort à d'autres nations et qu'il
serait préférable de ne pas recommencer.

PISTES DE RÉFLEXION

QUELQUES QUESTIONS POUR APPROFONDIR SA RÉFLEXION...

- Sepúlveda et las Casas utilisent des méthodes d'argumentation différentes. De quelle manière s'y prennent-ils l'un et l'autre pour l'emporter ? Qui est le plus efficace ? Justifiez.
- Quelles sont les idées qui font de las Casas un progressiste et de Sepúlveda un obscurantiste ?
- En quoi l'opinion de las Casas sur la beauté et l'art (chapitres VII et VIII) est-elle plus moderne que celle de son adversaire ?
- Sepúlveda et las Casas se sentent-ils responsables de la vie des Indiens ? Justifiez.
- Le chapitre XII met en scène des bouffons qui jouent une scène comique devant les ecclésiastiques. Plusieurs effets comiques sont utilisés. Quels sont-ils ?
- Au début du chapitre VII, le narrateur fournit quelques explications théoriques sur le pouvoir temporel du pape. Il présente deux courants de pensée à ce sujet. Résumez en quelques mots l'idée principale de chaque courant. À quel courant se rattachent respectivement las Casas et Sepúlveda ? Justifiez.
- Le thème de l'altérité est central dans le roman de Carrière. Expliquez la manière dont chacun des deux orateurs aborde l'altérité, personnifiée par l'Indien.
- Le problème de l'altérité est toujours d'actualité aujourd'hui. Trouvez des exemples.

- D'après vous, quel message l'auteur a-t-il voulu faire passer à travers son roman ?
- Historiquement, la traite des Noirs n'est pas liée à l'abolition de l'esclavage des Indiens. Dès lors, quel est l'objectif de l'auteur en liant les deux phénomènes ?

Votre avis nous intéresse !
Laissez un commentaire sur le site de votre librairie en ligne
et partagez vos coups de cœur sur les réseaux sociaux !

POUR ALLER PLUS LOIN

ÉDITION DE RÉFÉRENCE

- CARRIÈRE J.-C., *La Controverse de Valladolid*, Paris, Pocket, 1992.

ÉTUDES DE RÉFÉRENCE

- FABRE M., « *La Controverse de Valladolid* ou la problématique de l'altérité », in *Le Télémaque*, n° 29, 2006, p. 7-16.
- GOMEZ Th., « Conquête, violence et droit dans le monde hispanique aux XVe et XVIe siècles », in *littératures classiques*, n° 73, 2010, p. 17-38.
- PUZIN C., *La Controverse de Valladolid. Jean-Claude Carrière*, Paris, Hatier, 2004.

ADAPTATIONS

- *La Controverse de Valladolid*, film de Jean-Daniel Verhaeghe, avec Jean-Pierre Marielle, Jean-Louis Trintignant et Jean Carmet, France, 1992.
- CARRIÈRE J.-C., *La Controverse de Valladolid*, pièce de théâtre, Arles, Actes Sud, 1999. La pièce est jouée pour la première fois au théâtre de l'Atelier à Paris en 1999, mise en scène de Jacques Lassalle. Pour écrire cette version théâtrale, l'auteur a modifié trois aspects de son récit :
  - il a dramatisé la controverse en lui donnant la forme d'un procès ;
  - il a multiplié les rebondissements et les coups de théâtre pour éviter le statisme ;

○ il a élagué le texte initial (la dispute ne dure plus que deux jours et demi, certains épisodes inutiles pour l'action sont supprimés, le nombre de personnages est réduit, l'action se déroule presque exclusivement dans la salle du couvent et les explications historiques sont absentes).

SUR LEPETITLITTÉRAIRE.FR

- Fiche de lecture sur *Le Retour de Martin Guerre* de Natalie Zemon Davis, Jean-Claude Carrière et Daniel Vigne.

Retrouvez notre offre complète sur lePetitLittéraire.fr

- des fiches de lectures
- des commentaires littéraires
- des questionnaires de lecture
- des résumés

ANOUILH
- Antigone

AUSTEN
- Orgueil et Préjugés

BALZAC
- Eugénie Grandet
- Le Père Goriot
- Illusions perdues

BARJAVEL
- La Nuit des temps

BEAUMARCHAIS
- Le Mariage de Figaro

BECKETT
- En attendant Godot

BRETON
- Nadja

CAMUS
- La Peste
- Les Justes
- L'Étranger

CARRÈRE
- Limonov

CÉLINE
- Voyage au bout de la nuit

CERVANTÈS
- Don Quichotte de la Manche

CHATEAUBRIAND
- Mémoires d'outre-tombe

CHODERLOS DE LACLOS
- Les Liaisons dangereuses

CHRÉTIEN DE TROYES
- Yvain ou le Chevalier au lion

CHRISTIE
- Dix Petits Nègres

CLAUDEL
- La Petite Fille de Monsieur Linh
- Le Rapport de Brodeck

COELHO
- L'Alchimiste

CONAN DOYLE
- Le Chien des Baskerville

DAI SIJIE
- Balzac et la Petite Tailleuse chinoise

DE GAULLE
- Mémoires de guerre III. Le Salut. 1944-1946

DE VIGAN
- No et moi

DICKER
- La Vérité sur l'affaire Harry Quebert

DIDEROT
- Supplément au Voyage de Bougainville

MALRAUX
- La Condition
  humaine

MARIVAUX
- La Double
  Inconstance
- Le Jeu de l'amour
  et du hasard

MARTINEZ
- Du domaine
  des murmures

MAUPASSANT
- Boule de suif
- Le Horla
- Une vie

MAURIAC
- Le Nœud
  de vipères

MAURIAC
- Le Sagouin

MÉRIMÉE
- Tamango
- Colomba

MERLE
- La mort est
  mon métier

MOLIÈRE
- Le Misanthrope
- L'Avare
- Le Bourgeois
  gentilhomme

MONTAIGNE
- Essais

MORPURGO
- Le Roi Arthur

MUSSET
- Lorenzaccio

MUSSO
- Que serais-je
  sans toi ?

NOTHOMB
- Stupeur et
  Tremblements

ORWELL
- La Ferme
  des animaux
- 1984

PAGNOL
- La Gloire de
  mon père

PANCOL
- Les Yeux jaunes
  des crocodiles

PASCAL
- Pensées

PENNAC
- Au bonheur
  des ogres

POE
- La Chute de la
  maison Usher

PROUST
- Du côté de
  chez Swann

QUENEAU
- Zazie dans
  le métro

QUIGNARD
- Tous les matins
  du monde

RABELAIS
- Gargantua

RACINE
- Andromaque
- Britannicus
- Phèdre

ROUSSEAU
- Confessions

ROSTAND
- Cyrano de
  Bergerac

ROWLING
- Harry Potter à
  l'école des sor-
  ciers

SAINT-EXUPÉRY
- Le Petit Prince
- Vol de nuit

SARTRE
- Huis clos
- La Nausée
- Les Mouches

SCHLINK
- Le Liseur

Analyse de l'œuvre
Germinal

Analyse de l'œuvre
L'Étranger

Analyse de l'œuvre
Le Père Goriot
de Balzac

Analyse de l'œuvre
Candide ou l'Optimisme

Analyse de l'œuvre
Oscar et la Dame rose

ISBN version numérique : 978-2-8062-9472-2
ISBN version papier : 978-2-8062-9473-9
Dépôt légal : D/2017/12603/126

Avec la collaboration d'Eloïse Murat pour la notice biographique, la présentation de l'œuvre, le résumé ainsi que les chapitres « *La Controverse de Valladolid* et l'art de l'argumentation » et « La question de l'altérité ».

Conception numérique : Primento,
le partenaire numérique des éditeurs.

Ce titre a été réalisé avec le soutien de la Fédération Wallonie-Bruxelles, Service général des Lettres et du Livre.

Made in the USA
Monee, IL
07 July 2026